L'ABBÉ LALANNE

ALLOCUTION

Prononcée le 5 août 1879

A LA DISTRIBUTION DES PRIX DU COLLÈGE STANISLAS

PAR

L'ABBÉ L. DE LAGARDE

Directeur du Collège

PARIS

TYPOGRAPHIE A. LAHURE

9, rue de Fleurus, 9

1879

JEAN-BAPTISTE PHILIPPE AUGUSTE LALANNE

DIRECTEUR DU COLLÈGE STANISLAS

Né à Bordeaux, le 7 Octobre 1795

Décédé à Besançon le 23 Mai 1879

Imp. Lemercier & Cie Paris

L'ABBÉ LALANNE

....

ALLOCUTION

Prononcée le 5 août 1879

A LA DISTRIBUTION DES PRIX DU COLLÈGE STANISLAS

PAR

L'ABBÉ L. DE LAGARDE

Directeur du Collège

PARIS

TYPOGRAPHIE A. LAHURÉ

9, Rue de Fleurus, 9

—

1879

L'ABBÉ LALANNE

Messieurs,

Il y a treize ans aujourd'hui, à cette même place, M. La-lanne rendait hommage à la mémoire de l'abbé Goschler, son prédécesseur, qui venait de mourir.

Je ne pensais pas, en l'écoutant, qu'une perte doulou-reuse, dont le souvenir est si présent à nos cœurs, m'im-poserait un devoir semblable. Et cependant mon tour est venu aujourd'hui de rendre à mon maître vénéré ce que lui-même avait fait pour M. Goschler. Toutefois les situa-tions, je me hâte de l'ajouter, ne sont pas les mêmes.

M. Lalanne obéissait à un sentiment de justice en par-lant avec respect et sympathie d'un homme qui avait été malheureux, et qui, malgré ses talents et les inspirations d'un esprit fertile en expédients, avait laissé le collège dans la situation la plus critique. Pour moi, je cède à un besoin de mon cœur en honorant, comme il le mérite, l'homme qui a arraché le collège à sa perte, et qui, après quinze années d'efforts, lui a fait revoir l'éclat et la splendeur des plus beaux jours de sa jeunesse.

M. Goschler était chargé de reproches immérités : son successeur le justifiait, en le montrant aux prises, durant dix années de revers, avec des obstacles de tout genre, étonnant ses rivaux et ses ennemis même, par une persé-vérance inébranlable. M. Lalanne a rencontré les mêmes

difficultés, mais il a su les vaincre ; il s'est heurté à des
obstacles semblables, mais il les a franchis d'un bond,
ou tournés par un mouvement habile ; l'un avait em-
pêché le collège Stanislas de périr dans sa chute, l'autre
l'a retiré des décombres et l'a relevé de ses ruines.

Avant d'aborder mon sujet, j'ai cependant à m'excuser ;
je n'apporterai pas sans doute à honorer M. Lalanne le
talent qu'il mit autrefois à défendre la cause de M. Goschler ;
aussi bien ma tâche est plus facile. Je n'ai point à lutter
contre cette défaveur qui s'attache toujours, quoi qu'on
fasse, à l'insuccès ; j'ai à parler d'un homme qui a fait
beaucoup et bien. Prononcer son nom, c'est déjà me con-
cilier les sympathies de mon auditoire.

Au reste, rassurez votre légitime impatience, je n'entre-
prends point de faire un second discours après celui que
vous venez d'entendre. Vous avez admiré le maître habile[1] complétant, par une application pleine de finesse, ses
leçons classiques dans l'art de bien dire. Il l'a fait si
bien, qu'en parlant de critique il a réussi à ne recueillir
que des applaudissements.

Mais je ne puis laisser passer cette solennité sans parler de celui dont la mort a laissé tant de regrets. Vous
ne me pardonneriez pas mon silence ; ceux qui vous ont
précédés, pendant quinze années, dans cette enceinte, me
le pardonneraient moins encore, et, dussé-je être absous
par tous, mon cœur ne me pardonnerait pas.

Jean-Philippe-Auguste Lalanne naquit à Bordeaux, le
7 octobre 1795 ; il n'appartenait plus, comme il le disait
d'un autre, « à ces temps désastreux où il fallait s'élever
soi-même, sous peine de n'être rien. » Appelé à consacrer
à l'éducation de la jeunesse une longue existence, il avait
reçu du ciel de rares et précieuses qualités pour travailler
avec succès à cette œuvre de dévouement. Il fit ses premières études dans sa ville natale ; et, au plaisir qu'il
prenait à rappeler ces années lointaines, on sentait
qu'elles avaient laissé, dans son esprit et dans son cœur,
des traces profondes.

1. M. Dejob, professeur de rhétorique, venait de prononcer un discours sur
la critique.

Je ne puis m'étendre sur cette ferveur de travail et de piété qui signala sa jeunesse, sur cette première vie pleine d'innocence et de vertus dont je l'ai souvent entendu parler; il m'en reste cependant un témoignage authentique.

Nous avons trouvé sur lui, lorsqu'il mourut, un vieux papier jauni, gardé soigneusement dans une enveloppe de cuir usée par le temps. La feuille était pliée, et sur la première page, on lisait cette date: ....1809. Qu'était-ce donc? Une chose toute simple, que nos mères chrétiennes n'oublient pas volontiers, une consécration à la Vierge Marie. Ce qui mérite attention, ce n'est pas le fait lui-même, c'est la constance et le soin pieux dont M. Lalanne sut entourer, pendant soixante-dix ans, un mémorial qui était toujours près de son cœur. Je n'attache pas plus d'importance qu'il ne faut à ces détails ; mais, je ne puis vous le dissimuler, je me sentis ému en retrouvant sur ce bon vieillard le souvenir frais et pur de la mère qui avait guidé sa jeunesse, et celui du saint prêtre dont l'œil paternel l'avait déjà discerné, et qui devait un jour faire de lui l'un des premiers membres de la Société de Marie.

A la seconde page, il y avait un règlement de vie, avec les vertus d'un bon écolier. J'y trouve tracés, de cette écriture fine que beaucoup connaissent, ces mots que je ne commenterai pas :

Docilité	Prudence
Régularité	Obligeance
Politesse	Piété
Pudeur	Gaieté
Sincérité	Activité

Je parle ici devant des écoliers qui sont versés en pareille matière ; je les en félicite, comme je m'en félicite moi-même. A eux de dire si M. Lalanne avait bien compris les qualités qui doivent distinguer leur âge.

Je passe, mais à regret, ces années de la première adolescence. M. Lalanne avait songé tout d'abord à la médecine. Les études auxquelles il s'adonna, furent poursuivies dans la compagnie de jeunes gens dont la conduite morale et les idées religieuses contrastaient avec ses dispositions et avec ses propres sentiments. Il eut à lutter pour conserver intègres sa pureté et sa foi. Dieu le préparait ainsi secrètement à sa mission future, en lui faisant entrevoir de la jeunesse les illusions et les pentes glissantes. Il le comprit plus tard, et sut mettre à profit l'expérience acquise au début de sa vie.

Son entrée à l'institution Liautard mit fin à cette première épreuve. La maison d'éducation de la rue Notre-Dame-des-Champs, qui s'appelle aujourd'hui le collège Stanislas, existait alors depuis une dizaine d'années. Elle s'était rapidement peuplée d'enfants et de jeunes gens appartenant aux plus honorables et aux plus chrétiennes familles de France. M. Liautard, homme d'une éducation distinguée et d'une prodigieuse activité, ne se faisait pas moins remarquer par la vivacité de la foi que par l'élévation des pensées et la largeur des vues. Il avait su donner à sa maison un caractère religieux très marqué, et en même temps un véritable esprit de famille, une grande honnêteté de mœurs, et un cachet de bon ton qui ne se trouvait peut-être, au même degré, en aucun établissement d'éducation.

M. Lalanne faisait partie de cette division supérieure qui, dans la pensée de M. Liautard, était comme une vaste école préparatoire pour les différentes carrières, une sorte de transition entre la vie de collège et la vie du monde. Il était trop bon observateur pour ne pas faire la comparaison de cette société, nouvelle pour lui, avec le milieu où il s'était trouvé auparavant. Il comprit dès lors ce que l'on peut espérer d'une bonne éducation, ce que l'on doit craindre d'une mauvaise. L'impression qu'il en ressentit fut si vive qu'elle lui fit changer ses plans d'avenir. Les aspirations surnaturelles devinrent prédominantes, et dans la chambre même où La Harpe s'était converti, où plus tard le Père Lacordaire devait donner ses premières conférences, dans cette chambre dont on avait fait la chapelle du collège, le jeune étudiant en médecine prit la résolution d'embrasser l'état ecclésiastique, et de se dévouer à la jeunesse.

Ajoutons que M. Liautard avait distingué les talents de son élève ; il avait même cherché à l'attacher à son œuvre. Qu'eût-il pensé, Messieurs, le fondateur de Stanislas, s'il avait pu voir dès lors ce jeune homme, devenu maître à son tour, et animé d'une pensée généreuse, revenir vers son collège presque désert et abandonné, y faire briller, avec les anciennes traditions, la gloire d'autrefois ?

Le jeune Lalanne avait trouvé dans M. Liautard un guide, il y trouva aussi un modèle. Plus tard il aimera à lui rendre hommage de sa méthode d'éducation, et il le fera avec une voix pleine d'émotion : « O mon premier « collège, ô mes anciens maîtres, souvenirs si souvent in- « voqués dans le cours d'une vie toute consacrée à perpé- « tuer vos traditions et vos leçons, à reproduire votre « sage et pieuse discipline ! »

Mais n'anticipons pas. Rappelé à Bordeaux par la mort de son père, il se réunit à quelques jeunes gens sous la direction ferme et éclairée de l'abbé Chaminade. C'est de ce petit groupe que sortit, en 1817, la Société de Marie, fondée dans le but de travailler à l'éducation de la jeunesse. Les néophytes, après quelques mois de formation, se consacrèrent par des engagements définitifs à l'œuvre naissante. Pour certains prudents, c'était témérité ; aux yeux de M. Lalanne, c'était simplement un acte de générosité et de confiance. Au lendemain de sa profession, il reprit l'enseignement, dans lequel il s'était essayé dès 1815. Trois ans plus tard, il était chargé de la direction d'un pensionnat.

Nous ne le suivrons pas dans tous les établissements auxquels il a attaché son nom, à Saint-Remy, à Gray, à Bordeaux, à Layrac, à Beauvais, à Paris. Mais nous constaterons que partout on a pu retrouver en lui l'ancien disciple de l'abbé Liautard, et que partout il a su, par sa merveilleuse activité, par les mille ressources de son esprit inventif, donner aux maisons qu'il a dirigées un éclat, un entrain, une notoriété qu'elles n'avaient point connus avant lui. Partout aussi, ce qui vaut mieux, il a su gagner les cœurs, les affermir dans la vertu, et s'attacher pour la vie entière les hommes qu'il avait élevés.

J'arrive immédiatement à l'époque la plus belle et la plus digne d'attention de cette vie si bien remplie. M. Lalanne avait quarante ans d'expérience dans l'éducation de la jeunesse, et soixante années d'âge, lorsque l'abbé Buquet, depuis évêque de Parium, vint lui proposer l'œuvre périlleuse, presque impossible, de la restauration du collège Stanislas. Là encore une certaine prudence pouvait dire : c'est téméraire ; mais Mgr Sibour approuvait et bénissait le projet, la Société de Marie promettait son concours, et M. Lalanne, voyant en ceci le doigt de Dieu, entra à Stanislas, disant : « Allons en avant, Dieu nous aidera ! » C'était le 1er janvier 1855.

Messieurs, ce qu'était alors le collège, beaucoup d'entre vous le savent. Il ressemblait à un navire désemparé, ballotté par les flots, battu depuis de longues années par la tempête. Les mâts étaient brisés, les ressources épuisées, les passagers réduits à un nombre tout à fait insuffisant ; l'équipage était harassé et presque découragé ; le pilote, après avoir lutté longtemps, se jetait à la mer ; le navire semblait perdu.

C'est à cette heure de péril suprême que M. Lalanne, « vieux débris des temps passés », pour emprunter son langage, « et peut-être le seul dépositaire valide et dis-« ponible des bonnes et anciennes traditions, quitta le « port où il se reposait de quarante années de travaux, « s'élança, appelé par une voix amie et vénérée[1] », se jeta dans le navire avec l'audace d'un jeune homme, et saisit résolument le gouvernail.

La situation était mauvaise, plus mauvaise peut-être qu'on n'avait osé le dire, mais il avait foi dans sa mission et dans le secours d'en haut. Il pensa que « pour « rendre à cette maison en ruine sa première jeunesse, « on avait exhumé, pour ainsi dire, un vétéran de l'édu-« cation, de même qu'autrefois, pour rendre à la cité « sainte sa splendeur regrettée, le peuple d'Israël allait « fouiller sous les débris du temple[2]. »

---

1. Allocution au banquet des anciens élèves de Stanislas, en 1856.
2. Discours pour la distribution des prix de Stanislas en 1855.

Les hommes manquaient à M. Lalanne; il sut se multi-
plier de manière à faire face à tout. La Société de Marie, il
est vrai, lui avait promis des hommes et, ce qui est le
nerf d'un collège aussi bien que celui de la guerre, des
finances; mais ces divers genres de secours ne pouvaient
venir que graduellement. On commença par lui donner
un préfet de discipline; et encore ce préfet (je puis le
dire sans crainte de le mortifier) manquait d'expérience.
M. Lalanne eut donc à faire l'éducation du préfet, aussi
bien que celle des élèves. La Providence le permettait ainsi,
pour que le préfet, devenu plus tard directeur, fût, comme
le collège lui-même, l'œuvre de M. Lalanne.

Les premiers temps furent difficiles; mais l'activité de ce
chef intrépide resta à la hauteur de l'entreprise, et son
courage ne connut aucune défaillance. Pas un détail de
la direction ne lui échappait; on le rencontrait partout,
et toujours prêt à payer de sa personne. Il poursuivait
sans cesse de nouvelles améliorations, et préparait l'avenir avec une ardeur fiévreuse, tout en assurant le présent. Toujours il avait quelque nouveau plan à l'étude.
Que de fois ne l'avons-nous pas vu, au milieu des repas qu'il
présidait, oublier le lecteur à sa tâche ingrate, ne plus
songer aux élèves placés sous ses yeux, ni aux maîtres
rangés autour de lui, et commencer avec une grande ani-
mation de gestes un monologue à demi-voix! La vie ma-
térielle avait dû suspendre son cours, pour lui laisser
plus librement établir l'excellence d'une idée qu'il venait
de concevoir.

De pareils efforts méritaient d'être récompensés par le
succès, ils le furent. Quatorze mois après son entrée à
Stanislas, M. Lalanne disait déjà, aux applaudissements
des anciens élèves réunis pour leur banquet annuel : « Il
« semble, messieurs, qu'il manquerait pour nous à ce ban-
« quet quelque chose de ce qui doit vous y intéresser, si
« l'on ne disait pas un mot de ce cher collège, dont le nom
« a été ici un signe de ralliement.

« Il est tout naturel que sachant si bien tous quand et
« comme il a vécu, vous aimiez à savoir s'il vit encore et
« s'il promet de vivre.

« L'année dernière, à pareille époque, vous avez pu
« comprendre, à mes accents de détresse, qu'il avait le
« pouls bien bas et bien agité. Eh bien ! messieurs, je
« puis vous dire aujourd'hui, pour compléter la fête, que
« notre cher malade va beaucoup mieux. Il est en pleine
« convalescence, et, pour qu'il se porte aussi bien qu'aux
« jours de sa plus haute prospérité, il ne lui manque que
« de l'embonpoint. »

Un quart de siècle s'est écoulé depuis que ces paroles
ont été prononcées, et vous savez, et les familles qui
frappent vainement à la porte de Stanislas savent mieux
encore si depuis lors l'embonpoint est venu. C'est à
M. Lalanne que revient, après Dieu, la gloire de cette
merveilleuse transformation : car on peut dire avec vé-
rité en regardant le collège et en étudiant son organisa-
tion : Voilà l'œuvre de M. Lalanne, voilà sa direction.
L'homme de bien, est-il dit dans l'Ecriture sainte, parle
encore après sa mort, « Defunctus adhuc loquitur. » Celui
que nous pleurons fait davantage : il agit, il dirige, il
gouverne encore.

La mère des Gracques disait en montrant ses fils : Voilà
mes joyaux. Le plus bel éloge à faire du directeur de Stanislas consisterait à réunir et à mettre sous vos yeux tous
ceux qui ont passé par ses mains, ces milliers d'élèves, dont
le plus jeune n'a pas vingt ans et dont l'aîné est plus que
septuagénaire. Et quand vous auriez admiré ce qu'il a su
communiquer aux natures les plus diverses et parfois les
plus rebelles de nobles sentiments et de franches allures,
d'honnêteté de vie et d'ampleur d'idées, de foi et de dévouement, vous comprendriez, mieux que mes paroles ne
sauraient l'exprimer, le rare mérite de cet éducateur habile,
modeste et dévoué.

Je ne puis vous apporter cette preuve vivante, il fau-
drait voyager trop loin à travers tout le beau pays de
France, et même par delà ses frontières. Je me conten-
terai de vous montrer la source cachée des succès obtenus
par M. Lalanne, je veux dire ses principes d'éducation
et la manière dont il les a appliqués. Je ne ferai qu'ef
fleurer le sujet : car pour le traiter complètement, il fau-

drait étudier tous les écrits de ce maître expérimenté.

Il est plus aisé de conserver au bien plusieurs enfants
vertueux que d'y ramener un seul égaré. Aussi
M. Lalanne portait-il tout d'abord son attention sur les
moyens de préservation. Il y a, disait-il, « une atmosphère
« morale dont on doit environner un enfant dès les pre-
« miers jours de son existence, qui exerce sur toutes ses
« facultés, sur ses idées primordiales, sur la révélation
« de ses sentiments, une influence continuelle, profonde et
« comme irrésistible.... L'enfant », ajoutait-il, en emprun-
tant sa comparaison à une science qui lui était familière,
« est comme une plante qui se développe sous une double
« influence, celle du type naturel de son genre et de son
« espèce, et celle de l'action combinée de la température,
« de l'exposition et de la nature du sol.... Il se laisse aller
« volontiers aux habitudes de ceux qui l'entourent; et si
« ces habitudes ont toutes les formes de la politesse, de la
« bonté, de la modération, de l'attachement au devoir, il
« s'abandonne insciemment à leurs influences, comme si
« son berceau s'en allait flottant sur une eau limpide qui
« l'entraînerait doucement dans son paisible cours [1]. »

Il est difficile, messieurs, de dire une chose plus vraie,
d'une manière plus gracieuse. Cette chose-là il la voulait
et d'un vouloir efficace.

Aussi le choix attentif des élèves à admettre, leur pru-
dente répartition en différents groupes, la vigilance de
tous les instants, l'éloignement impitoyable des élèves
reconnus dangereux, l'influence religieuse exercée par
les moyens les plus propres à soutenir la force morale,
l'action individuelle ou collective du directeur se pro-
duisant sous les formes les plus variées et parfois les
plus imprévues, constituaient autant de moyens de préservation, dont M. Lalanne usait avec une grande habileté et une infatigable persévérance.

Il réclamait de tous les maîtres une vigilance constante
et la contrôlait parfois avec une piquante originalité.
Ainsi, au milieu d'une récréation à laquelle prenait part

1. Traité de l'éducation chrétienne, pages 45 et 47.

une nombreuse jeunesse, il abordait brusquement un
surveillant: « Où est monsieur un tel? » demandait-il. Et il
fallait que l'œil du maître fût assez vigilant pour avoir
suivi l'élève au milieu de ses condisciples, et être en
mesure de le désigner sans hésitation et sans retard.

Le devoir le plus pénible qui s'impose à certaines
heures à un directeur, *haud ignota loquor*, c'est sans
contredit celui qui le met dans l'obligation de détacher
violemment de sa grande famille un membre devenu
dangereux pour les autres. Si un pareil devoir est douloureux pour tous, il l'était plus particulièrement pour
cet homme plein de cœur, qui aimait réellement ses
élèves comme un père aime ses enfants. Aussi quand
l'une de ces cruelles opérations s'imposait à lui, on ne
pouvait le voir sans émotion. Sa main restait ferme,
mais son cœur était profondément troublé. J'aurais à
citer des scènes vraiment déchirantes, où les larmes du
directeur se confondaient avec celles de l'élève, et où le
mot qui devait consommer la séparation ne pouvait
s'échapper des lèvres de ce vieillard toujours père, même
pour celui qui avait le moins répondu à ses soins.

M. Lalanne usait avec beaucoup de sagesse et de dis-
crétion de cette force puissante qu'offre la religion pour
soutenir les âmes dans les luttes de la vertu, et pour les
acheminer vers leur véritable fin. Il donnait la préférence aux actes de piété dont un jeune homme chrétien
doit prendre l'habitude pour toute sa vie; mais il évitait
un surcroît de pratiques et une contention prolongée,
qui, disait-il, « sont toujours suivis à cet âge de l'ennui
et du dégoût. »

Il voulait pour la religion la prééminence, mais il
savait aussi faire la part du reste. « Le monde à venir,
« pensait-il, est plus ou moins éloigné de nous; le
« monde présent nous touche. Nous allons vers l'un,
« nous sommes dans l'autre. L'intention doit diriger
« toutes nos actions vers le premier; l'occupation nous
« relient dans celui d'ici-bas. Que les enfants s'occupent
« donc, tant qu'il leur sera nécessaire, des choses de ce
« monde, qu'on les exerce aux arts honnêtes et libéraux,

« qu'ils étudient les sciences, qu'on les rende capables
« de se faire utiles, et de se distinguer dans les carrières
« les plus honorables. — Toutes ces occupations du
« temps présent ne donnent aucune raison pour ne pas
« diriger constamment leur intention vers le temps à
« venir[1]. »

Pénétré de cette sage modération, il conseillait beaucoup le recours fréquent aux sacrements; mais il ne
l'imposait jamais, s'appliquant avec un soin jaloux à
écarter tout ce qui aurait pu présenter l'apparence d'une
pression.

Il faisait prêcher chaque année, peu après la rentrée,
une retraite de trois jours. C'est alors que sentant les
âmes mieux disposées à s'ouvrir aux enseignements religieux, il révélait davantage la foi très vive dont il était
animé. Pendant ces trois jours, il réunissait les élèves
une dernière fois à la chapelle après le souper, pour
leur résumer, disait-il, les instructions de la journée.
Mais le résumé aboutissait bien vite aux questions les
plus fondamentales, et alors la parole du prêtre s'ani-
mait graduellement, de manière à faire comprendre à
quel point le salut de toutes ces jeunes âmes lui tenait
au cœur. J'ai connu plus d'un élève pour qui le mot
décisif qui transforme un jeune homme, avait été recueilli
non dans les instructions du prédicateur, mais bien dans
l'entretien familier du directeur.

Je renonce à décrire l'action quotidienne et multiple
que M. Lalanne exerçait par sa parole soit en public,
soit en particulier. Cette parole prenait tous les tons,
variait avec les situations et les caractères. Un jour,
c'était avec une habileté toute diplomatique qu'il insi-
nuait une réforme à introduire, ou qu'il adressait une
observation d'une nature plus délicate. Une autre fois,
il pourchassait un abus au moyen du ridicule ou de
l'ironie, maniés toujours avec une parfaite convenance.
Ici, il prenait le ton d'un père qui gronde doucement ou
encourage avec prudence. Ailleurs, si quelque faute

1. De l'éducation chrétienne, page 259.

plus sérieuse était à reprendre, sa voix éclatait en reproches incisifs ou en menaces redoutables, parfois même elle annonçait une détermination qui consternait tout le monde.

Les habiles, s'il m'est permis de montrer jusqu'où certains élèves poussaient la science de l'observation, prétendaient même connaître à je ne sais quelle irrégularité dans la pose de la coiffure, ou à quelque autre signe analogue, l'approche d'une de ces tempêtes redoutées. Mais leur habileté était parfois en défaut, et ils se trouvaient surpris, comme les autres, par la soudaineté de l'orage. En tout cas, chacun savait que la paternelle indulgence du directeur serait la première à dissiper les nuages et à ramener la sérénité. On savait surtout combien un aveu plein de franchise, l'expression non équivoque d'un sincère regret, allaient droit au cœur de ce juge paternel, l'inclinaient vers l'espoir d'un amendement et le disposaient au pardon.

La parole, chez M. Lalanne, revêtait dans l'entretien particulier des formes aussi variées qu'en public. C'était une causerie pleine d'abandon, de finesse et de riante malice ; mais où parfois l'émotion le disputait à la bonhomie et à la grâce. Il eut toute sa vie le talent des « belles conversations, » comme on disait au siècle dernier, alors que cet art avait atteint son plus haut point. Combien n'avons-nous pas entendu de ces mots qui amènent le sourire sur les lèvres et les larmes dans les yeux ? Je n'en veux citer qu'un, non pas sans doute le plus marquant, mais le dernier peut-être qu'il ait dit avant de quitter Paris, pour n'y plus revenir. Il était allé faire ses adieux à un ancien professeur de Stanislas. Celui-ci, logé au cinquième étage, s'excusait, en le reconduisant, de l'avoir obligé à monter si haut. « Il m'en coûte, je l'avoue, » répliqua, en souriant, M. Lalanne, « de gravir avec mes vieilles jambes un escalier de cinq étages, mais il m'en coûte bien plus de le redescendre, quand c'est pour vous quitter. »

C'était principalement dans ses entretiens intimes qu'il révélait un fonds inépuisable de compassion et de charité. Il avait, comme tous les vrais éducateurs, le respect et l'amour des jeunes âmes ; mais il avait, plus que beaucoup d'autres, foi dans les ressources du cœur d'un jeune homme, et patience pour attendre l'heure du retour et du salut. Souvent il rendait, d'un mot, à un pauvre enfant découragé une confiance et des forces dont celui-ci se croyait à jamais dépourvu. Son œil expérimenté savait découvrir au fond du cœur le plus léger et le plus insouciant, dans l'âme la plus violemment tourmentée, un sentiment qui était pour lui une garantie, et qui lui permettait, si l'intérêt général n'était point en cause, de poursuivre une éducation, dont bien d'autres se sentaient prêts à désespérer.

« M. Lalanne, m'écrivait naguère un ancien élève, qui fait aujourd'hui grand honneur à son collège, m'a accueilli à Stanislas à une époque critique de ma vie. Il m'a compris du premier coup d'œil, il m'a sauvé ; et c'est à lui que je dois d'être ce que je suis aujourd'hui. Son souvenir ne s'effacera jamais de ma mémoire. » — Ce témoignage, je le retrouve sous mille formes, dans les lettres de regret qui me sont arrivées de toutes parts, et qui constituent un véritable monument élevé à la mémoire de l'ancien directeur. Honneur à de jeunes hommes qui savent rendre un pareil hommage à leur vieux maître ! Honneur et reconnaissance au maître vénéré qui a su former de tels disciples et accomplir de telles œuvres !

Je ne m'étendrai pas davantage sur un sujet qui m'est si cher et qui résume mes observations de vingt années. Ceux qui ont connu M. Lalanne, n'ont qu'à interroger leurs souvenirs et à regarder dans leur cœur ; les autres ne sauront jamais ce qu'il y avait, dans cet homme, d'idées larges et élevées, de force d'âme, de puissance de travail et de persévérance. Ces heureuses dispositions s'alliaient chez lui avec les plus éminentes qualités du cœur, la tendresse la plus paternelle pour ses élèves, et une amitié pleine d'abandon pour ses collaborateurs et ses égaux. Il laissait échapper de ce foyer toujours allumé un feu sacré, un rayon de jeunesse qu'on admirait dans sa parole, et qu'on retrouve aujourd'hui dans ses poésies les plus tardives comme dans ses premiers essais.

Du reste, s'il savait donner à ses vers une fraîcheur particulière, c'est aussi dans la poésie qu'il semblait retremper sa vigueur. Quand parfois les difficultés et les soucis de sa charge l'avaient fatigué davantage, il commençait de meilleure heure sa promenade ordinaire du mardi, allait s'enfoncer dans quelque retraite solitaire du bois de Boulogne, donnait un libre cours à une gracieuse inspiration, et rentrait le soir, gai, rajeuni et reposé par son petit poëme, comme d'autres l'eussent été par huit jours de vacances.

Je me suis laissé aller, plus que je ne l'aurais voulu, au plaisir d'esquisser la physionomie à la fois mobile et caractéristique d'un maître vénéré. Une main mieux exercée aurait fait en moins de temps un portrait plus complet. J'ai cherché à expliquer les succès de l'éducateur en montrant ses qualités. Je n'ai point voulu agrandir mon cadre en faisant voir l'impulsion donnée par M. Lalanne à tous les genres d'étude.

Esprit éminemment classique, il n'allait pas jusqu'à dire, avec M. de Fontanes, qu'après Racine « tous les vers étaient faits » ; mais il donnait volontiers ses préférences et ses admirations au grand siècle. On dit que M. de Sacy, le plus classique de nos modernes, refusait l'entrée de sa bibliothèque à tout livre qui dépassait une certaine date. M. Lalanne aurait été un peu de cette école. Exempt toutefois de restriction mesquine, il pensait que si tout a été dit, la manière de dire est toujours jeune, et que surtout, selon la gracieuse pensée du critique[1] dont on vous entretenait, il y a un instant, les vers comme « les fleurs ont chaque année un nouveau printemps ». Mais, après avoir fait ces concessions, il s'associait volontiers aux vœux de M. de Sacy : « Que la littérature classique reste comme « l'exemplaire éternel du beau dans l'art! qu'elle soit la « ressource et qu'elle fasse les délices de ces esprits qui « ne goûtent que le parfait! Tout y est durable et à l'é- « preuve du temps. Déjà la postérité l'a scellée de ses « suffrages ; encore bien peu d'années, et ce sera une

1. Sainte-Beuve.

« antiquité nouvelle pour les générations qui vont nous
« suivre[1] ».

Mieux que personne, M. Lalanne savait apprécier l'enseignement donné par des professeurs distingués qui,
à l'exemple d'un de leurs aînés[2], dont le Père Lacordaire
a gardé si bon souvenir, « retiennent leurs élèves sur les
sommets élevés de la littérature et de l'honneur, où ils
ont eux-mêmes assis leur vie[3]. » Il attribuait à juste titre
le succès de Stanislas à l'heureuse combinaison de l'instruction universitaire avec l'éducation chrétienne. Mais il
y aurait là matière à un vrai discours, et je ne veux
pas aborder ce sujet, du moins aujourd'hui.

J'ai hâte de vous dire un mot des derniers jours de
M. Lalanne, et de laisser ensuite la parole à celui[4] qui a
bien voulu nous faire l'honneur de présider notre fête de
fin d'année, au membre éminent de cette Université à
laquelle le collège sait rendre l'hommage qu'il lui doit
pour ses succès, à l'ancien professeur de rhétorique de
Stanislas, demeuré si bienveillant et si dévoué pour la
maison où il a fait ses débuts dans l'enseignement.

M. Lalanne, dans les années qui précédèrent la guerre,
voyant le collège entré dans une voie de prospérité, avait
plusieurs fois émis la pensée de se décharger du fardeau
de la direction. Au moment où Paris fut investi, il était
à Cannes, et les douloureux événements de cette époque
le retinrent loin de son collège pendant la plus grande
partie de l'année scolaire. Il crut voir là une indication
du Ciel et une confirmation de son projet. Il insista donc
pour rester à Cannes, à la tête d'un établissement qu'il
avait concouru à fonder, et laissa son cher collège aux
mains qu'il avait préparées pour continuer sa tâche.
Dieu sait ce que coûta à son cœur cette séparation qu'il
s'imposait spontanément. Il l'accomplit sans hésiter, parce
qu'il la croyait conforme aux vues de la Providence. Il

1. Discours préliminaire du Rapport sur les progrès des lettres.
2. M. Delahaye, ancien élève de l'École Normale supérieure, devenu plus tard magistrat.
3. Testament du Père Lacordaire, page 35.
4. M. Glachant, Inspecteur général de l'Instruction publique.

avait semé dans les larmes, et laissait généreusement à un autre le soin de moissonner dans la joie.

Placé à l'extrémité de la France, il ne cessa de s'intéresser à ce collège dont la restauration avait été l'œuvre capitale de sa vie. Il se plut à envoyer à son successeur des conseils dont celui-ci avait grand besoin, et des encouragements dont il est aisé de comprendre le prix.

Le moment vint d'inviter ce noble vétéran de l'éducation à prendre, sous le toit de Stanislas, le repos qu'il avait si bien gagné. Mais en renonçant à la direction active d'une maison, M. Lalanne ne pouvait renoncer à se rendre utile; il fut donc chargé de la visite des établissements secondaires de la Société de Marie. Nous avions ainsi le bonheur de le revoir chaque année pendant quelques mois, et le reste de son temps était consacré à des inspections très sérieuses, où tous, maîtres et élèves, pouvaient profiter de sa longue expérience.

C'est au cours de l'une de ces inspections qu'il fut frappé inopinément, à Besançon, d'une attaque d'apoplexie, le samedi 17 mai. Sa forte constitution lutta pendant six jours contre la mort; et s'il ne recouvra point l'usage de la parole, il eut du moins la consolation de pouvoir communiquer par signes, et de recevoir tous les secours de la religion. Retenu par la retraite de la première communion, je ne pus arriver auprès de lui que peu d'heures avant sa mort.

Les derniers liens que M. Lalanne eut à rompre pour s'en aller dans un monde meilleur, furent ceux qui le rattachaient à son cher collège. La dernière visite qu'il reçut fut celle d'un ancien élève, officier en garnison à Besançon. La dernière lettre qui lui fut lue venait de Stanislas; le directeur, craignant de ne pas arriver à temps, lui demandait une suprême bénédiction pour tous les anciens élèves et pour les élèves actuels, pour leurs maîtres, pour ce collège qui lui avait coûté tant d'efforts et tant de prières, et pour l'homme aux mains de qui il en avait laissé la direction. Les gestes expressifs et les larmes du mourant dirent assez avec quelle effusion il donnait cette bénédiction. Je l'ai transmise, non sans

émotion, à ceux qui ont assisté au service célébré pour
le repos de son âme, et j'en conserve ma part, comme un
gage précieux de la continuité de son assistance. Enfin,
la dernière prière prononcée sur cette tête vénérée est
sortie des lèvres de celui qui représentait le collège
auprès de son lit funèbre. M. Lalanne avait guidé les
premiers pas de ma vie d'éducateur, il m'avait assisté
dans le premier acte de ma vie sacerdotale en m'accom-
pagnant à l'autel : j'ai trouvé une douce consolation à
l'assister à mon tour au dernier acte de sa vie, de cette
vie si pleine de mérites et de bonnes œuvres.

Il est mort avec la consolation de voir que le fruit de
ses longs travaux ne serait point perdu. La nacelle qu'il
avait trouvée prise au milieu des récifs, avait été dégagée
par sa main habile. Il l'avait d'abord radoubée, et plus
tard agrandie de manière à en faire un vrai navire. Du
seuil de l'éternité, il l'a pu voir déployant ses voiles et
voguant paisiblement dans la haute mer. Aujourd'hui il
constate, à la lumière d'en haut, que son nom reste en
vénération parmi nous, et qu'ici tout rappelle son souvenir. Je l'ai prouvé, je crois, par toute cette allocution ;
je veux le montrer, en terminant, jusque dans un détail
intime.

L'arrêté du ministre avait investi M. Lalanne, au collège
Stanislas, du titre et de la charge de directeur ; mais la
voix familière de ses élèves lui donnait de préférence un
nom qui rappelait mieux le pilote de la petite barque
d'autrefois. Et quand il se trouva, quinze ans plus tard,
commandant d'un grand vaisseau, il ne demanda point
à ses élèves de substituer le titre de capitaine à celui de
patron. Son premier nom de guerre lui rappelait des
campagnes laborieuses, mais non sans mérite pour lui,
ni sans profit pour le collège. Ce nom d'ailleurs avait une
étymologie qui convenait mieux à son cœur paternel.
Celui qui lui a succédé, a hérité de son titre, aussi bien
que de sa pensée et de sa mission.

Il croit aussi avoir hérité de son amour pour la France
et de son dévouement pour la jeunesse. Puisse-t-il s'être
suffisamment inspiré de sa parole et de son exemple, pour

ne point laisser défaillir son œuvre! Toute son ambition est de faire que le collège Stanislas soit toujours une école de science et de vertu, une école de charité et de dévouement, où l'on apprenne à bénir, où l'on recherche, pour le bien de la France, ce qui unit les esprits et ce qui fait palpiter généreusement les cœurs.

Puisse cette féconde union de la puissance morale de la religion avec la richesse intellectuelle de l'Université produire toujours des générations d'hommes éclairés, généreux, dévoués à leur pays et fidèles à leurs convictions religieuses! Des hommes ainsi formés se font estimer partout et de tous; ils sont l'honneur de leur collège, la joie de leurs familles et l'espoir de leur patrie.

Typographie A. Lahure, rue de Fleurus, 9, à Paris.

3

24 083. — PARIS, TYPOGRAPHIE A. LAHURE
Rue de Fleurus, 9

www.ingramcontent.com/pod-product-compliance
Lightning Source LLC
Chambersburg PA
CBHW061737180626
46818CB00006B/2660